은유의 잠

`

시작시인선 0427 은유의 잠

1판 1쇄 펴낸날 2022년 6월 15일
지은이 수피아
펴낸이 이재무
기획위원 김춘식, 유성호, 이형권, 임지연, 홍용희
책임편집 박찬세
편집디자인 민성돈
펴낸곳 (주)천년의시작
등록번호 제301-2012-033호
등록일자 2006년 1월 10일
주소 (03132) 서울시 종로구 삼일대로32길 36 운현신화타워 502호
전화 02-723-8668
팩스 02-723-8630
블로그 blog.naver.com/poemsijak
이메일 poemsijak@hanmail.net

ⓒ수피아, 2022, printed in Seoul, Korea

ISBN 978-89-6021-636-5 04810
       978-89-6021-069-1 04810(세트)

값 10,000원

은유의 잠

수피아

천년의
시 작

시인의 말

구름의 어려운 시절을 따라가 보면
어느덧
시 한 편이 펼쳐지는 들판에 다다른다

2022년
수피아

차 례

시인의 말

제4부

해　설

제1부

날개가 돋아서

나무 피를 찢고 나오는, 이파리처럼
내게 '날개가 돋는 것이다'라고 가정한다.
내부가 들여다보이는
모퉁이 철대문집 위로 날아간다.
연두 불이 켜진 나뭇가지 사이로
날개는 푸드덕 소리를 던진다
늙은 개, 점순이가 고개를 들어
어둠의 페이지에 컹! 컹!이라고
음성어를 쓴다. 허공이 점순이의 주둥이를
연필처럼 쥐었다가 놓았을 때
컹컹 소리가 푸드덕 소리를 앞지른다.
무게를 갖지 못한 소리가
마당 밖으로 달려간다.
내 날개와 철대문집 점순이는
컹컹과 푸드득으로 어둠을 뚫는다

거북이

스크린이 내려오고
불쑥 팔 하나가 공중에 튀어 오른다
연이어 발이 굴러온다
뎅강 잘린 목을 보고 나서야
팔과 발과 복을 끌어당기는 몸통이 보인다
내재된 공간으로 잠들어 있는
안개는 도시와 건물과 나무와 거리와 사람을
잘랐다가 붙였다가 한다
한 토막의 뉴스를 입체적으로 상영하는
이 도시는, 신이 던져 놓은 자투리 시간이다
등원한 아이의 양말을 정리하며,
나는 간혹 양말을 빠져나간
발의 행방이 궁금하다
아이의 가방을
손으로 휘, 저어 보고
새참 잠이 든 아이,
발이 보이면 이불을 끌어다 덮어 준다
그럴 리 없겠지만, 핸드백 안에서는
내 팔자로 태어난, 사내
몸 주인은 어디 가고

막걸리에 취한 밭이 자고 있다
모든 세계가 안개 속에서 뼈를 견디고 있다

겔라다개코원숭이와 거미처럼

양분이 많지 않은 풀을
종일 뜯다가
뭉텅뭉텅 뜯긴 자리가
어둠으로 채워질 때
서식지인 암벽으로 돌아오는
겔라다개코원숭이처럼

건축 현장에서 그는
무겁고 긴 쇠파이프를 잇는
배관공 일을 마치고 돌아와
숙소에 눕는다고 했다
몇 해 전
위에서 떨어진
배관 파이프에 깔렸을 때
갈비뼈 금 간 자리가
가끔, 가렵다고도 했다
배관과 배관을 잇대며
땜질할 때
팔에 불꽃이 튀어 생긴
화상 흉터를 보여 주며, 그는

>
그 길로 올 것이라고 했다
어느 해
용접 기구에서 불이 솟구쳐
가스통이 폭발하여 사망한
동료와 같은 일이 생기지만 않는다면

창가에 서서 나는
S 자로 유연하게 구부러진
길을 바라보고 있다
나뭇잎 뒤에서
눈의 깜박임도 없이
집요하게
먹이를 지켜보는 거미처럼

조용한 창문

그녀의 집에는 커다랗고 네모난 창문이 있고
창문을 보면 거기에는, 네모의 하늘이 있다

비린 냄새에 식욕을 느끼며 나는
소파에 웅크리고 앉아 네모난 하늘을 본다

그녀가 내 등을 쓸어 넘긴다

잘린 지느러미와 토막 난,
몸통을 차려 놓은 식탁 옆 소파에서
햇살을 따뜻한 것이라고 믿는다

오늘은 네모난 하늘에 나와 같이 생긴 놈이
나와 같은 자세로 웅크리고 앉아 있다

눈이 마주쳐도 피하지 않는 그놈의 등을
그녀와 같이 생긴 그녀가 쓸어 준다

시력이 사라지면서 졸음이 온다

>
나를 탐욕스럽게 바라보던 그놈도
눈꺼풀이 감기고 몸을 솜털 같은 구름에 기댄다

햇살을 받아 털이 번들거리고
털 아래에는 수많은 그림자가 아직은 조용하다

캥거루 가죽 모자

캥거루 가죽이 다리를 흔들며 수선집에 가고 있다
해질 무렵 야라 강변을 떠올리기에 좋은
잔디 구름 펼쳐진 하늘을 밟고 간다
캥거루 가죽이 초원에서
남대문시장으로 대이동할 때는
세일로 불티나게 모자가 팔렸을 때다
재봉에 박히는 날에는 층층이 쌓아 올려져
말타기 게임을 즐겼다. 내가 올라탄
친구의 등은 숲의 진한 풀 냄새가 났고
허리는 휘청거리는 그물 침대가 됐다
말이 된 친구에게는 혹독한 놀이였을까
그해 14살의 나이에, 친구는 이름을 버렸고
캥거루 가죽의 다리에는 뜯긴 상처가 생겼다
육아낭처럼 생긴 기억의, 서러운 친구를 위해
남대문시장 수선집들을 돌아다닌다, 가는 곳마다
오래된 상처는 '수선이 불가능합니다'라고 한다
밤하늘을 본다, 캥거루 가죽은
다리를 흔들며 친구와 함께 은하수를 밟는다
밤은 몇 시간쯤 상처를 가려 놓고

어둠으로 크라운 카지노[*]를 반짝거렸다

* 크라운 카지노Crown Casino: 호주에서는 물론 남반구 최대의 카지노.

그리운 mc

누군가가 그립다면 고양이 눈과 눈 사이를 들여다보세요
거기 전생이 조그마한 새가 있어요

사람 냄새가 싫어 허공을 헤매다 길을 잃었어요 혼자서
슬레이트 지붕과 지붕 사이를 파도타기 해요 폴짝, 날아오
르면 구름은 푹신한 섬이에요 분노의 붉은 몸뚱어리를 향
해 침을 흘리던 시간은 고양이 머릿속에나 있어요 섬을 한
바퀴 돌아도 넉넉한 자유는 반나절밖에 걸리지 않아요 내가
고양이를 포기하기에는 너무 짧은 둘레예요 수면 아래로 두
려움을 숨기고 사는 섬에서는 인어 공주처럼 물거품이 될
꿈은 이룰 수가 없네요 절벽에서 뛰어내려 사뿐히 세상을
버린 바람처럼 눈을 감는다는 것, 죽음 앞에서는 누구나 무
능력하다는 뜻이래요 그러니, 헤어진 누군가가 아직 가슴
에 있다면 고양이, 고양이를 오래도록 바라보세요

나의 입과 눈썹, 발가락과 꽁지가 고양이 이마에 분노처
럼 박혀 있어요 눈과 눈 사이가 쓸쓸했던 천적은 고양이를
기쁘게 해요 길을 잃어버리지 마세요 분간할 수 없는 어두
운 밤에 암매장된 불빛을 찾아가면 거기…… 고양이 이마에

서 발견되는 토막 난 새.

* 〈고양이와 새〉: 파울 클레의 작품.

여우 속눈썹

날씨와 상관없으면 좋겠지만
딱딱한 대지를 부드럽게 만들어 줄
지금 장마라고 치자
죽음과 상관없으면 좋겠지만
기는 사람 뒤에 새롭게 찾아오는 생명이
지금 태어났다고 치자
지는 해와 상관없으면 좋겠지만
밝은 기운이 사라지자 서산마루에
지금 붉은 노을이 진다고 치자
어둠을 끌어다 덮고
언제 죽을지 모르는 사람처럼
지금 네가 막 잠이 들었다고 치자
큰맘 먹고 눈을 깜박이며
속눈썹을 휘저어 보지만
가볍고 길고 가느다란 슬픔처럼
지금 잡히지 않는 것이 있다고 치자

가깝고도 먼 너의 허공이 그렇다고 치자

송정동 산책길에서

제 새끼를 독립시키려고
길고양이는 발톱을 세워
으르렁거린다.
무리를 빠져나와
홀로 떠돌아다니며
야성을 키워야 하는 밤
11월의 늦은 시간에
송정동 산책로를 걸으면
수풀 사이 어둠에는
하늘의 별처럼 박혀 있는
고양이 눈이 있다.
별 하나, 고양이 눈 하나,
헤아리면서 걷는다.
나뭇가지 부딪히는 소리가
으르렁으로 들린다. 잎이 떨어진다.
굴러가는 심장이 밟힌다.
길을 걸으며 들었던 사랑의 말처럼
귀는 바스락으로 가득하다.

고양이 한 마리가

네가
맨살로 일광욕을 즐기는 활엽수일 때

천둥 번개가 치는 날에는
물과 물을 연결하여
너의 창에
누구의 탓도 하지 않고 발을 헛디딜래

창 안에서 웃고 있는 너를 위해,
창밖에서 나 종일 울고 있어도 좋았다고
소리와 소리를 연결하는 매미처럼
창에 기대어 노래 부를래

다른 빗방울과 어울려
이 거리 저 거리를 헤매다가도
몸을 얻은 마음처럼 너에게로
누구의 탓도 하지 않고 발을 헛디딜래

너의
맨살을 타고 흘러내려 뿌리에 닿을래

첫사랑, 나비

단어와 단어 사이에서 놀아요
매혹적인 복고풍으로 날갯짓하다가
거실 모빌의 빛을 먹어요
안락한 침대에 누워
홀로 벽에 걸린 잠옷 그림자를 먹어요
욕실 타일의 꽃무늬에 앉아
꽃 모가지를 꺾어 간 당신의
슬리퍼에 스민 체취를 먹어요
삶의 인연은 멀기만 하고
현관문은 이제 아무도 기다리지 않아요
2층으로 올라가는 어두운 층계는
당신을 생각할 때면 두근거리던
나의 사춘기를 숨겼어요
아스퍼거증후군에 걸린 소녀처럼
당신의 머리카락/눈/코/입술/가슴을 헤집으며
돌고 돌아 고단해져도 걱정하지 말아요
그리움이 쌓인다 해도, 어둠이 매일
빛에 드러나던 나의 미세한 마음을
안전하게 숨겨 줄 테니까요

비밀의 방

지붕에 창문이 하나 달린 케이지를 샀다.
나이에 쫓기고 마감에 쫓기고 슬픔에 쫓긴다고 생각될 때
나는 그곳에 나를 구겨 넣는다.

신들은 밖에서 콘크리트 벽을 두명하게 들여다본다.
머리카락으로, 눈썹으로, 별빛으로
찾아오는 손톱들 때문에, 소름이 돋도록 덜그럭거리며
햄스터는 쳇바퀴를 돌린다. 헛돌아 가는 세상을
들키지 않으려고 톱밥 더미 아래로 숨기도 한다.
톱밥 더미가 불룩하다, 언젠가의 내 무덤처럼

케이지 지붕에 달이 뜬다, 달이 비추는
내 얼굴은 쪼글쪼글한 아이로 태어나서
탱탱하게 부풀다가
짜글짜글한 노인으로 기울어진다.

구겨진 나를 펴고 케이지를 나온다.
물 한 모금 먹기 위해, 빨대 끝
쇠구슬 돌리던 습관은 잊어버리고 싶다.
먹이를 찾아 풀숲을 뛰어다니지 않으려고,

화병에 꽂혀 있는 조화 몇 송이와
컴퓨터와 책상이 들어 있는 케이지를 숨겨 둔다.

곧 내 몸에 걸터앉을 늙음을 더듬으며
숨겨 둔 케이지, 어두운 무덤에
가끔 나를 미리 묻어 본다.

쪽방에 사는 젠투펭귄

만년설에 덮인 킹조지섬의 얼음덩이처럼
둥둥, 이 층 코너 쪽방에 세 들어 살았어요
어떤 날은 이력서 한 장 들고
해빙의 근원지를 찾아서 헤매었지요

그때 스쿠아*는 막 태어난 나를 노렸지요
스쿠아의 배고픈 섹스는 막다른 골목에서
맥주병을 깨고 날카롭게 위협하는 거품이었어요
그러니 붉은 태양이
내 콧잔등에서 이글거리는 8월에는
나를 보호할 수 있도록
드라이아이스 한 조각 주시면 좋겠어요
아니면 차라리 누구라도
지구온난화의 주범이 되어 해빙을 앞당겨 주세요
해빙이 되어 떠내려가 닿는 곳에서
나는 둥지 만드는 작업장의
작은 돌멩이 나르는 직업을 가질 거예요
내일이면 녹아 없어질 얼음덩이 위에서
휴식 시간은 꼭 지켜야겠지요
한나절을 견디지 못하고

더위 먹은 채 팔자 늘어진 배추와
과자 부스러기를 기다리며 고압선에 입을 닦는
비둘기들과 나란한 여유를 즐길래요

둥둥, 이 층 코너 쪽방에서 내려다보이는
굴다리 지나 재래시장 맨 끝에 있는 얼음 가게는
남극에서 막 떠밀려 온
커다란 일용직 유빙流氷이에요

* 스쿠아: 도둑갈매기.

프레스코* 사랑법

큐릿큐리리릿, 찌르레기 소리는
우박처럼 양철 지붕을 두드리거든요
언제부턴가 자꾸 두드리는 두통으로
내 머리는 그리움이 지끈거리거든요
두드리는 장구, 두드리는 북, 두드리는 꽹과리,
두드리는 소리 늘어지던 테이프에서
이별하고 돌아서던
그녀의 구둣발 소리를 들어 보세요
날개 끊어진 새들의 비명 같은
엇나간 총알들의 울부짖음 같은
우박이 떨어지던 날이었거든요
졸음의 신경을 건드리며
잠잠하던 비닐하우스가 찢어졌거든요
길에 빙판을 깔며 겨울이 미끄러졌을 때
AM 9시 라디오 뉴스 아나운서가
헤어짐의 순간은 참혹하였노라고 말했거든요
고속도로에서 연쇄 추돌 사고가 있었고
여전히 가던 방향으로 헤드라이트는
깨어진 새의 눈알처럼 부라렸거든요
허둥대다 내가 잠깐 정신을 잃었을 때

짧은 신음은 차창 밖으로 튕겨 나왔거든요
내장이 끝내 닿고 말았던, 땅바닥에 엎어져서야
기쁜 눈물처럼 로드킬 고양이의
길 잃은 피가 흘러나와 응고되고 있었거든요
나뒹구는 고양이 육체와 같이 나 쓸쓸했거든요
그러니 막 떠오르는 별이여, 노란 띠를 두른
터널 이쪽 끝에서 저쪽 끝까지는
하늘을 비워 놓으세요
여기는 접근 금지 구역입니다

* 프레스코fresco: 벽화를 그릴 때 쓰는 화법의 하나.

코리의 아르바이트 일기 2
—행려자 시체 사진 DB 정보화 작업을 하다

행정 편의상 한 뭉치로 묶여 지냈죠
그녀를 찾아오는 사람은 없고,
서류 정리하던 나는
으악! 공포의 소리를 질렀죠

눈에서 스테이플러를 뽑아내어도
피눈물은 나지 않았죠
나는 엄지손가락과 집게손가락으로
목을 누른 채, 스캔 기계
독방 감호소로 그녀를 밀어 넣었죠
앉을 수도 일어날 수도 없는 사이
컴퓨터 속에 그녀는 복제되었죠
사망 행려자로 정보화되는 순간
몸의 어느 지점이 뜨거운지,
스캔 기계는 그르렁거렸죠

바닥에는 햇살이 바글바글했어요
그러나 그녀가 벗어나지 못했던,
굴다리가 드리운 그늘 커튼으로는
선뜻, 넘어오지 못했죠

제2부

가난한 눈으로 내린다는 것

다시 생각해 보지만
내 생각 밖의 공기는 너무 어두웠어
이대로 숲으로 흩날리다 사라져 버려도 좋았어
여치가 여치에게 보내는 여치 울음이
숲으로 배달되었지만, 네 울음은 없었어
밤새 울음 편지를 보내고 어디쯤인가
꼭, 당도할 것 같은 답장을 기다리다
날을 새곤 했어, 가을은
풀잎의 기억을 말리고 비틀며
바스러지는 절망으로 걸음을 멈추었어
여치와 여치가 함께 사라진 것같이
네 울음도 가을도 온데간데없는 지금은 겨울이야
쓰러지는 풀잎의 세상을 일으켜 세우는
위대한 바람으로 살아도 좋았겠지만
가난한 등짝끼리 맞대고 누구의 삶이 더 가벼운가
나뭇가지에 소복이 쌓였다가
햇살에 여지없이 녹아내리는 하루도
가만히 나쁘지 않다는 걸
내 생각 밖의 공기가 차가워져서야 알겠어

은유의 잠

썩어 가는 나뭇잎처럼 나른한
은유에 누워 잠들었어

사람의 길이 보이지 않아

입산 금지 후 숲에는
오지도, 가지도 않게 된
사람의 길이 사라지고
나무의 길, 꽃의 길, 벌의 길이 생겼어
썩어 가는 나뭇잎이어서 새로 생긴 길이 좋아
오지도, 가지도 못하도록 사라져 버린
길 위에
떠나 버린 당신의 말(語)이
노란 나비처럼 날아다니는 것을 보았어

이제 당신과 다른 방식의 언어야, 나는

바람이 몸을 비틀어 깨울 때까지
은유에 누워 썩어 가는 나뭇잎이거든

가을에는

나무를 내려와
지나가는 바람에나
어깨를 들썩이며
잠들어 푹, 썩고만 싶다

어느 골목
이름 없는 포장마차가
가을 앓는 손님들로 가득 차는 시간에
나는 말끝마다 고독해서
못 살겠다고 주정 부리다가 뭉개지고 싶다

나무를 내려와
어깨를 들썩이는 바람을
행여나 기다리다가
나, 잠들었다고 말하고 싶다

수련꽃 출사出寫

빛이 정수리에서 반짝여요
호수를 벗어나면 살갗이 마르고
숨이 막히겠지만, 엄마 참을 수 있어요
그는 밀고 올라오는
나의 여린 꽃대에 찬사를 보내거든요
그가 사진기 셔터를 누르면
나는 한 장의 사진이 될 것이에요
하늬바람이 호수를 불안하게 흔들며
내 심장을 두드려도, 물속에 감추어 둔
시린 발은 들키지 않을 거예요
이곳은 축축하고 어둡지만, 엄마 걱정하지 마세요
지하 셋방 같은 어두운 물속에도
한 줄기 빛은 굴절되어 뿌리를 만져요
날은 화창하고, 수면에
물 주름이 엄마 웃음처럼 번지는 날
그를 향해
딱 한 번, 움츠렸던 꽃을 피울 거예요
내 눈을 마주 보며 카메라 셔터를 누를 때
그를 한 알의 씨앗 속에 가둘 거예요

이삭

비가 왔다
새들의 지저귐을 놓치지 않고 들었다던
친구의, 사랑은 대단한 것이어서
주고 다 주어 쭉정이가 되었을 때도
비는 왔다
내가 나를 지키겠다고
마음의 문을 꼭꼭 닫은 채
여물고 단단히 여물었으나
들판에서 혼자 다 익어 버려 슬플 때도
비는 왔다
나는 슬프고
익은 나를 줍는 사람들은
기쁘다, 나의 다 익은 슬픔이
누군가의 기쁨이 되는 순간에도
비는 왔다

비가 익어서 무지개 떴다

파리지옥

먼 미래 당신이
축축하고 이끼 낀 사우스캐롤라이나주의 언덕 같은
유적지에서 나의 뼈를 발굴했다고 적을 때,
영혼과 육체가 분리되는 순간
나는 두려움 없는 유령이 되어
당신의 일기장 갈피에서 날아오를 것이다
펭귄, 원숭이 화석을 지나 길을 내려가는 유적지에서
긴팔원숭이의 비명이
새들의 지저귐을 묻어 버릴 때
당신이 그리울 것이다
파리지옥의 혀에 붙은 나는 달콤한 먹이여서
쓸쓸한 그림자조차도 내 것이 아니다
다만 당신의 머리와 심장 속에 둥지를 튼다
휘어지는 길을 향해 손을 흔드는 억새는
지나가는, 우거진 바람 같았다고
당신이 기록하는 문장이다, 나는
먼 훗날 누군가
끈적한 파리지옥 도서관에서
먼지와 두려움을 털어 내며, 읽을
책 제목이다

레이니 레인*

목련 나무에서 피었던 시간이
고개를 수그리고, 잎은 졌다.
생의 끝에 다다른 꽃잎이 땅에 뒹굴었다.
미래를 가지기 전의 먼지가
바람을 따라 풀풀 날아다녔다.
목련꽃이 피었다와 지는 사이에 너는 있었다
닫힌 창문을 두드리는
바람을, 덥힌 어둠을 걷어 내는
태양을, 너의 기억을 되살리며 피어날
꽃의 아침을 나는 사랑했다. 그러니까 언제인가
꽃나무 그늘에 대한 설렘을 이야기하며
레이니 레인에서의 커피 향기가
났다와 사라지는 사이에도 너는 있었다
목련꽃의 시간이 피었다가
사라진다. 때때로
세상의 모든 꽃이
피었다와 지는 사이에 분명, 우리는 있었다.

어느 화창한 봄일수록

* 레이니 레인: 광진구 능동에 있는 커피숍 이름.

나무의 지도

손톱으로 껍질을 두드린다.
텔레비전에서
아이아이원숭이가
소리의 변화를 들으며
나무의 지도를 알아내고 있다.

네 등에 내 등을 붙이고 손톱으로 방바닥을 두드린다. 난데없이, 너는 살아 돌아온 독립군처럼 "이 나라를 망친 바퀴벌레를 처단해야 한다"라고 했다. 그러더니 미세한 진동을 가진 스피커에 귀를 대고 로스 판초스의 노래를 듣는다. 잡음이 많이 들리는 너의 지도는 흐리고 길은 뭉개져 있다.

나는 계속해서
날카로운 앞니로 나무껍질을 벗기고
가운데 손가락으로 껍질을 긁어내어
구멍을 만드는
아이아이원숭이를 보고 있다.

불쑥, 너는 "의식 없이 사는 벌레는 한자리에 모아, 눈과 코와 귀와 입이, 살과 창자와 심장과 뇌가 자유롭게 흩어지

도록 테러하겠다"라고 선언했다. 알수록 소름 돋는, 정신
질환을 앓은 적 있다는 네 지도를 껴안는다.

아이아이원숭이가
손톱으로 유충을 찔러서 들어 올린다.
어느새
끊어질 듯 이어지는 코를 골며 이를 갈며
잠든 네 입에서
유충 짓이기는 소리 들린다.

사과의 방

사과 두 개가 나란히 몸을 맞대고
사과 하나에 애벌레 한 마리
들어갔다 나왔다 하는 그림이 있는 벽지
불을 켜면 알전구 빛이
주먹 하나 드나들 수 있는
창문으로 흘러 나가던 방
2교대 야간 일을 마치고
아침에 퇴근한 내가
사과를 열고 들어간 애벌레처럼
들어가 잠을 자던 방
부엌도 없고
무엇을 놓아둘 거실도 없는
보증금 없이 월세만 내어도 되는 방
문밖에 연탄 아궁이와 마당이
이마를 맞대고 있던 방
저녁에 일어나면 다시 공장 밥을 생각하며
들어왔던 문으로
야간 출근을 배웅해 주던 방
애벌레처럼 사과 속에 몸을 말고
달콤한 잠을 잘 수 있었던

아주 작은 선산[*]읍의 그 방

[*] 선산: 경북 구미시 선산읍.

성형된 솔숲 향

세탁기에서 솔숲 향이 난다
그것을 당신의 향이라고 정의하자
나를 벗어 던진 옷들이 매일
뚜껑을 열고 당신을 만나러 솔숲으로 간다
회전목마처럼 한바탕 세탁기가 돌아간다
—물살에, 세제에 헛구역질해 대는 사각팬티 당신
얼룩말 무늬를 임신했나 보군요
—이봐요 표현할 수 없는 슬픔은 깨끗이 낙태해요
—우린 어차피 뿌리가 없는 나무들이에요
자동 세탁 풀코스대로 잠시 세탁기가 멈추고
메시아의 설교가 목구멍을 빠져나가듯 땟물이 빠져나간다
이어 세탁기는 거세게 소용돌이친다
—새로 단장한 코끝과 붉은 립스틱을 훔쳐 간
섀도와 마스카라 긴 눈썹에 걸려 있는 와이셔츠 당신
—요즘엔 최대한 마르고 예쁜 여자가 대세인 거 알잖아요
—모두 몸 가늘게 날씬하게 탈수하세요
샤프란 향 한 방울을 넣는 코스에 이른다
숲에 정해진 강수량까지만 물은 채워졌다가
배수로의 어두운 관으로 몰래 빠져나간다
세탁기의 세상이 바쁘게 돌다가 멈춘다

—어제의 먼지며 상처의 흔적은 보이지 않는군요

—완벽해요

세탁기의 뚜껑을 열면

요술 향을 입은 울창한 투명 숲이다

졸음의 각도

햇살이 나비의 날개를 붙잡고
놓아주지 않는다. 나비가
긴 비행이 지루하여 풀에 앉았을 때
바람은 풀을 뉘었다 일으키며
신문 꼭지처럼
저 가고 싶은 곳으로만 방향을 잡는다.
바람에 쓸려 가는 나비는 어지럽겠다.
이력서를 보내고 우체국을 나선다.
보도블록 틈에 말없이 뿌리 내린 풀이
바람 끝에 바스락, 숨통 트는 소릴 낸다.
이 땅의 바람은
질병이든 테러든 지진이든 아랑곳하지 않고
풀을 누이고 풀을 흔들고,
풀에 앉은 저이든 이이든 그이든 나비든 간에
그들의 생 전체를 부들부들 흔든다.
나비는 정말 어지럽겠다. 풀은
보도블록 틈바구니에서라도 살아남아야
꽃 소식을 피울 것이다.
뒷모습이 풀의 각도로 기울어지는
독특한 바람의 혁명 앞에서

하늘이 전람회 미술 작품처럼 걸어 놓은
먹구름을 쳐다보며 집으로 돌아오는 길
구름 사이로 서너 줄기의 햇살이
나비의 날개를 붙잡고 놓아주지 않는
오후 3시. 지나가는 바람에
쓰러질 듯 휘어지던 풀잎 위
나비의 졸음이
곧 쏟아질 소나기처럼 아찔하다.

시청 앞 가을 풍경

한 잎의 공사장이 사라지고
다른 한 잎의 공사장으로 남아 있는
세상의 그대에게
2009년 11월 초입에 쓴다

이파리에 한 마리의 애벌레가
일터에 출근한 노동자처럼 움직인다
한 잎의 공사장에 다른 한 잎의 공사장을 비비며
바람은 부스럭 소리를 생산한다
시청 청사 로비에 앉아
눈 감고 귀 기울여 보는 오후
헛발 디딘 애벌레가 비명 없이 떨어진다
가뿐하게 애벌레를 받아 내는 그물망
자본가의 그물은 찐득하고 튼튼하다
거미가 애벌레를 향해
게으르고 둔한 걸음을 걷는 사이
칼로 목을 베지 않고도
바람은 단숨에 나무에서 나뭇잎을 잘라 낸다
단풍나무와 은행나무에서 사라지는 공사장들
거리의 붉은 단풍잎 혹은 노란 은행잎을
사람들이 밟으며 지나간다
이파리에 붙어 있던 애벌레를 구둣발이
밟고, 짓이기고, 뭉갠다
노동운동을 하는 청사 앞 골목을 바라보면

애벌레의 일이 내 일처럼

가슴을 뿌드득뿌드득 아프게 한다

타는 목마름으로 초췌한 낙엽의 노동가에

눈 감고 귀 기울여 보는 오후

시청 로비 창가로 쏟아지는 햇살 아래서는

지구와 정부와 국민과 가을은

아무 걱정 없이 따스하고 밝기만 하다

뒤뜰이 아름다운 집 1

간혹 달빛이 창을 넘어오면
구미 신시가지에 있는 단층 주택
월세방 밖에서 풀벌레 운다
잡초 무성한 뒤뜰을 가진 방에 누워서 들으면
풀벌레 소리는 벽을 타고 천장으로 올라간다
현을 퉁겼을 때의 파장 같은
풀벌레 소리가 거미줄에 걸린다
거미는 거미줄에 감지된 소리를 삼킨다
먹을 것이 궁한 거미의 장
풀벌레 소리는 꼬르륵꼬르륵 울다 사라진다
첫 월급을 받지 않은 나는
주말, 방구들에 등을 붙이고
낙타처럼 사막 횡단의 체험을 한다
천장 구석, 등에 업힌 흰 보따리 같은
거미집은 더욱 선명하게 보인다
서울의 작은집 봉제 공장을 뛰쳐나와
새벽에 도착한 구미 기차역에서도, 숨을 쉴 때
입김이 뭉텅, 보따리처럼 공중을 떠다녔었다
그렇게 하루가 가고 달빛이 창을 넘어오는 시간
보름달의 조명을 받으며 거미는
탄력 있는 동아줄을 내게로 내리고 있다

제3부

눈처럼 살아 보기

폭설로 전기가 끊긴 마을처럼
내 기억은 어둡고 춥다
그러나 과거의 불행은
유년의 기와지붕에 내리던 눈(雪) 같기도 하다
손깍지를 낀 손처럼
눈(雪)송이가 창틀을 잡고 매달린다
눈(雪)송이 위에 다른 눈(雪)송이가
서로의 등을 토닥이며
살을 맞대며 눕는다
눈(雪)처럼 산다는 것은
밤이 깊어질수록, 추워질수록 그대와 내가
한 덩어리가 될 수 있다는 것이다
입술이며 가슴이며 허벅지까지
부둥켜안고 떨어지지 않을 수 있다는 것이다

마취된 겨울

의사와 상의하여, 고장 난
몸 한 곳을
고쳐서 쓰기로 했다

흔들리는 구름이거나
눈 감아도 보이는 생각이거나
뒤척이다 돌아눕는, 창밖의 나뭇잎이거나
마취된 겨울의 얼음 알갱이들,
나는 얼굴에 뿌려진 미스트처럼
환자용 침대에 스며들고 있다
눈이 감기면서 팔다리가 사라지고
귀와 입과 코가 사라졌다.
가슴이 사라지고 머리가 사라지고
마지막으로 하나의 세계가 사라졌다
증명할 길이 없는, 귀에 속삭이던
풀벌레 소리에 대해 말하고 싶다
수덕사를 돌아 나올 때
공기를 때렸다 사라지기를 반복하던
목탁 소리에 대해서도 말하고 싶다
먼지도 될 수 없는 소리를

꿈꾸다가, 나는 수면에서 깨어났다

"정신 차려 보세요."
간호사가 내 얼굴을 찰싹찰싹 때리며
잠들기 전의 먼지를 털고 있다.

물의 침묵

물은 돌의 입을 빌려 말한다
먼저 달리던 물이 돌, 외치면
뒤에 따라가던 물도 돌, 하며 흘러간다
물이 물을 만나면 말이 많아지고,
차곡차곡 쌓인 돌로 가슴은 무거워지고,
말과 말은 한데 뭉쳐서 힘없는 누군가에게 날 선 칼이 된다
돌돌, 돌돌 수군거리는 떼거리가 된다
보이지 않는 칼들이 전속력으로 달려와서는
계곡의 옆구리를 깎고 할퀴고 물어뜯는다
급하게 휘돌아 나가는, 위태로운 삶의 급경사에 이르면
상처 많은 계곡의 거친 물소리가 들린다
물은 커지는 말의 무게를 견디기 위해,
사나워진 말의 물살을 가라앉히기 위해,
때로는 낭떠러지 앞에서 한 마리의 용처럼 포효한다
높은 곳에서 시원하게 몸을 던지며
말을 떨쳐 내는 폭포수의 용기는 장엄하다
비워진 자신을 이끌고 떨어진 물은 강으로 간다
소한小寒에 강둑을 걸어 보면
열반에 든 듯 침묵하는 언 물을 보게 된다

시월의 안개

시월의 아침, 안개는
공원에 비둘기처럼 내려앉는다
죽음까지 가야 하는 나에게
시간의 징검다리를 놓아 주며, 지팡이는
하나의 다리로 안개 속을 겅중겅중 걸을 것이다
내가 죽은 후에 내 아들은 내 과거를 말할 것이다, 벌써
몇 바퀴째 엄마는 산책로를 돌고 있었다고
지팡이가 나보다 먼저 한 발로 길을 당겼다가
당겼던 길을 살그머니 놓아주었다고
미처 당겨 보지 못한 오솔길에는, 안개가
사람을 보고 겁내지 않고,
피하지도 않는 비둘기처럼 내려앉았다고
한 치 앞도 보이지 않는 안개 속은
나에게 절벽과 같다. 눈앞에서
불어오던 바람이 추락한다
그러나 나는 안다, 태양이 떠오르면
시월의 아침 안개는
날개를 털며 비둘기처럼 비상할 것이다

쇼윈도에 진열된 겨울

땀이 등을 타고 내리는
지금은 여름

함박눈이다. 사거리 백화점
쇼윈도 앞에 서서 안을 들여다보면
왼쪽으로 휘날리는 나뭇잎은
찬바람을 끌어오는 시늉을 한다
눈 쌓인 초가지붕 위로
떨어질 줄 모르는 눈송이들이 공중에 걸려 있고
바닥을 향한 고드름은
그와 헤어지고도 눈물 흘리지 않던
날카로운 내 눈초리 같다.
마당을 지나 싸리문을 지나
돌담을 지나 마을로 가는 길에
나를 두고 돌아서던
얼어붙지 않은 발자국이 조각되어 있다
개울가 두꺼운 얼음 위에서
열차가 뿜어 대는 연기처럼
입김은 피아노 줄에 매달려 있고
소년의 감정은 썰매에서 내릴 생각이 없다

추위로 우는 소리마저 얼어붙은
나무 위 모형 참새의 소리를 듣고 싶다
이제는 없는 당신의 소리가 들릴 것 같아
쇼윈도 앞에 서서 나는 종일 귀 기울인다

쇼윈도에 진열된 겨울은
창밖의 여름을 방치하고 있다

서울라사 장 씨

가게로 가는 길은 옆집 순진이 할미 허리 같아요
코끝에 살짝 걸친 검은 뿔테 안경보다 더 멋지게
서울라사 간판이 걸려 있는데요
열린 출입문으로 바람이 살짝 넘겨보며
장 씨의 머리카락을 만져요
관절 부딪는 소리로 삐걱거리는 나무 의자에
양복점 주인 장 씨는 오래된 고전처럼 앉아 있어요
밀린 주문량을 만들어 내느라 밤새울 때,
재봉틀에 찍힌 장 씨의 엄지손톱 자리는
감동한 문장처럼 밑줄 그어져 있어요
추억의 페이지마다 삶이 눅눅해질 때
고전은 읽을수록 깊은 맛이 나죠
샘플 진열장의 묵은 먼지를 털다 보면
한때 장씨 집안 내력에 선명한 버팀목이던
빼빼이 꽂힌 조각 천 묶음을 볼 수 있죠
막간의 흐뭇한 졸음이 몰려오고
박음질 톤으로 주문 전화가 걸려 오네요
이순을 넘긴 장 씨가 한 땀 한 땀
깨알 같은 엽서체로 단편 옷을 지어요
창으로 든 햇살은 어느새
지은이 장 씨라 적은 이름을 읽고 가네요

시詩

1
한 블럭도 되지 않는 건너편에

밤이면 십자가에 불이 들어오는

종교가 있어서, 날마다

어머니는 새벽 기도를 간다

2
한 뼘도 되지 않는 내 속에

태양의 열정을 가진 심장이 있어서,

붉은 피를 튀기며 질주하지만

나의 종교는 참으로 멀고도 외롭다

당겨 돋는 봄

그 아이는 아버지의 야경을 그리고 있다
물통 속에 검은 물감 떨어지자
맑던 물이 저물어 간다

잘 비워진 항아리 속처럼 어두워진다
까만 거울이 하늘에 있다
추운 밤이면 신경이 곤두서는
지구의 불빛들이 반짝반짝 거울을 들여다본다
골목 어귀의
트럭 노점 불빛도 보인다
트럭은 축 처진 천막을 두르고 있다
까슬하게 손이 부르튼 아버지가 피자를 굽는
천막 안은 따뜻하다
낡은 바람이 채질하고 지나간다
네댓 사람이 앉을 자리를 가진 천막은
해고 통지서처럼 무겁게, 지퍼가 내려지기도 하고
숨 가쁘게 올려지며 시린 겨울바람을 견딘다
소형 트럭에 앉아, 장사가 끝날 때까지
아이는 그림을 그린다

>

오븐에서 아버지의 꿈이 익어 가고
그 아이는
나뭇잎에 대한 기억이 앙상한 나뭇가지에
싹이 당겨 돋는 봄을 색칠하고 있다

눈먼 햇살일레라

또박또박 햇살 점자를 박는다
손가락에 와 닿는
어제 읽었던 해바라기 꽃봉오리는
오늘 읽으니 활짝 핀다
꽃술 안의 달콤한 혀를 건드리자
당신 입 냄새처럼 향긋하게 진실하다
아주 잠깐이라도 당신 마음이
흩날리는 꽃가루였으면 좋겠다
사물과 사물을 더듬으면 길이 되지만,
마음에는 손길이 닿지 않아도 길이 난다
그 길에서 피었다가 일찍 져 버린 당신을 생각하면
언제나 캄캄한 궁금증으로 하루를 보내게 된다
그럴 때면 새가 공중에 점자를 찍다가
기약 없이 사라지는 언덕에 자주 앉아 있곤 한다
아름드리나무를 안았을 때, 바람이
몇 권 분량의 일기에도 기록하지 못한 그리움을
잎 잎 뒤집어 가며 읽는다, 언덕의 새는
아주 가 버린 당신 같지는 않아서
언제나처럼 찾아와
귀 언저리까지 점자를 가득 찍다 간다

손가락에 와 닿는

어제 읽었던 앙상한 나뭇가지는

오늘 다시 읽으니 웃는 이파리로 가득하다

라스코 동굴벽화를 떠올리며

라스코 동굴벽화를 떠올리며
수직으로 가파른, 방 벽에 기대어 있어요

새를 그려 넣고 사냥을 나가면
새의 영혼을 빼앗아 온다는 몽티냑 마을로 가서
가장 그대 닮은 사냥꾼을 발견하고 싶어요
사랑에 빠진 그가 동굴로 와서
날카로운 화살이 가슴을 겨냥한,
나를 그려 놓고 사냥을 나갔으면 좋겠어요
아슬한 암벽에 스케치된
선과 선으로 연결된 나는 초조할 거예요
쫓기는 말과 사슴의 무리에 섞여
발이 떨어지지 않는 꿈속처럼 달려갈 거예요
온 힘을 다해 쫓아온 그대에게
운명처럼 화살을 맞을 거예요

방 벽에 기대어 나는, 그대가 가져올
내 영혼을 기다려요

표선 해비치 해안*을 걸으며

바다는 밤새 출렁이고
술에 취한 애인은
네팔로 혹은 인도로 떠나자고 한다

수평선을 바라보며, 걸으며
또 수평선을 바라보며, 걸으며
하늘과 물이 만나는 수평선을 다시
뚫어져라. 응시하며
그 끝에 나의 시선이 깊숙하게 들어가 있다
너와 나도 하늘과 물처럼 만났으나
몸 어딘가에 있는
은밀한 수평선을 뚫고
깊숙하게 들어와 너는 때때로 출항한다

가도 가도 수평선인데
수평선까지 가도 또 수평선이 기다리는데
네팔과 인도로 떠나자던 말만 뱃고동처럼 울린다

* 표선 해비치 해안: 제주도 동쪽에 있는 해안.

남미의 땅처럼 누워

나의 하루는 재규어가 심장에 걸터앉아 토끼의 간을 파먹는 것으로 시작된다. 살과 뼈와 내장과 껍질로 토끼의 무게가 분해된다. 발톱과 눈썹을 뽑아 심장을 휘저어도 토끼의 혼은 꺼내어지지 않는다. 상상의 크기가 바위만큼 커도 무게가 없는 것들은 만질 수가 없다. 재규어는 어금니로 질긴 살가죽을 껌처럼 씹는다. 어제는 한쪽 다리를 치켜들고 도발적으로 오줌을 쌌다. 내 발톱에 노란 오줌 물이 들었다. 인간은 갈기갈기 찢긴 토끼를 애도하지는 않는다. 단지 재규어의 노란 습성이라 부른다. 그러는 동안 온갖 습성은 이 땅을 떠돌아다니고 재규어는 노스탤지어의 손수건*처럼 꼬리를 흔들며 떠나간다. 나무를 흔들다 떠난 나뭇잎처럼, 숲을 깃털처럼 떨구고 날아간 새처럼, 내 심장에 구멍을 내고 떠나간 당신처럼.

남미의 땅은, 말라비틀어진 습성을 개울처럼 새기고 누웠다.

한 꽃을 버리고, 두 꽃을 버리고, 거듭 꽃을 버리고도 시간은 야위지 않는다. 과거도 없고 미래도 없고, 꽃을 버렸다는 비난으로 자신을 살찌우지도 않는다. 꽃이 날아온 나비의 제물이 된다. 살다 보면, 단순하게 제물이 되어 가는 것들. 꽃이 피고 지는 것은 거스르지 못한 관념의 시간 안에서 일어난다. 지금, 앉았다 떠난 것들의 뒤에서 쓸쓸하게 지기 위해 나

는 열중하고 있다. 잡히지 않는 시간이 난무하는 이곳에서
꽃의 뿌리를 잡고 버티고 있다. 수많은 당신의 발끝에서 짓
이겨진 돌멩이도 자신의 몸 반쪽을 뿌리처럼 내 심장에 묻
었다. 그러나 사랑하였으므로, 박힌 돌멩이 때문에 피 흘
리며 버텨야 한다. 단단하게 깊숙하게 파인 상처는 당신이
내게 준 첫 관념.

　남미의 땅은, 관념의 풀과 나무와 꽃을 꽂고 누웠다

* 노스탤지어의 손수건: 유치환 님의 「깃발」에서 빌려 씀.

목판에서 꺼낸 자화상

찬란히 빛나지 않는 빛을 만들고
영원히 흐르지 않는 물을 만들고
누구도 들을 수 없는 웃음을 만든다
움직이지 않는 환한 배경이 완성되면
등 뒤에 그림자를 붙인다
죽을 때까지 따라다니게 될 내 몫의 그림자다
나는 목판에 갇혔으므로…… 칼끝에서
조각은 서커스 단원처럼 튀어 오르고
나를 발굴하기 위해 분주하다
그러나
깊숙하게 꽂으며 격렬하게 퍼붓던
너와의 첫 키스는 잘 새겨지지 않는다
칼끝에서
살점들이 떨어져 나갈 때마다
마른 침묵에 쌓인 목판의 상처가 선명하다
상처가 선명해질수록, 목판 안에 갇혀 있던
사랑에 빠진 내가 꺼내어질 것이다

제4부

탁자에 둘러앉은 빛

우리 집 탁자는
칙칙하고, 낡고, 긁힌 자국이 선명하다
탁자를 볼 때마다
대낮인데도 나는
어둠의 길을 걷는 것 같다
그러나 다행인 것은
오히려 캄캄해지는 밤이 오면
고구마밭으로 내리쬐던 태양처럼
형광등 불빛이,
하루 일을 마치고 둘러앉은
가족의 어깨와 탁자 위에 펼쳐져서
어둡던 길이 환해지는 것이다

카메라 옵스큐라[*]

라면 봉지의 부스럭대는 소리로 허기를 채우던
사과 바구니 같은 작은방

작은방의 벽지는 사방이 사과 무늬로
가득하다 사과 바구니 같은 작은방에는
통통한 벌레처럼 내가 담겨 있다, 나는
내 근원이 궁금해질 때마다 출출하다
동쪽 사과 하나를 깎아 먹는다
수중 동굴이 생긴다 감옥의 시작이다
빠져나가려고 툭툭 주먹으로 쳐 보고 발길질도 해 본다
—엄마, 나를 가두지 마세요
동굴 껍질은 요동을 칠 때마다 고무풍선처럼 늘어난다
해발 몇 미터의 동굴을 가졌는지 알 수 없는 엄마의 속
굳이 말하자면 물은 따뜻하여 양수와 같은 해수면을 가졌다
출입문을 하나밖에 가지지 않은 부엌에 딸린 쪽방에서
280일째 되던 날 문을 발견하고 나는 운다
　—처얼썩 처얼썩 엉덩이를 두드려 보는 엄마, 제가 딸인
가요
　동굴을 나온 후로 자주 배냇잠을 잔다
　잘 때는 사과를 깎아 먹던 습관으로 입을 오물거리지만

—엄마, 젖에서 바다 냄새가 나질 않아요

—제발 미역국을 주세요

내 어미의 시집살이 덕에 젖은 맵다

매워, 창호지 구멍이 사과 조각처럼 햇살을 뱉는다

그때

작은방 문을 열고, 손 들어와 집어 간다

백열등이 이르지 못한 곳에서

적당하게 포즈를 잡은 어둠 한 컷

* 카메라 옵스큐라camera obscura: '어두운 방'이라는 뜻의 라틴어.

숨은 고양이 찾기

내게 계절은 죽은 고양이 같아서

털가죽을 소파 시트처럼 웅크려요

나보다 먼저 안락한 소파의 장식이 된

오래전에 죽은 아버지

오늘은 고백하고 싶어요

몸은 둥근 활시위로 당겨지고 나는

숯불에 굽는 저 비린 희망을

불혹이 되도록 노려보고 있어요

발톱이 긁어 놓은 생채기 많은 나무 앞에서

날카로운 자존심은 수염을 곤두세워요

야행夜行의 습성으로 방황하는

어디 헌 발톱 같은 그리움 없나요

어두운 뒤안길에서

누군가의 빛이 될 수 있다면

눈을 번득이며 걸어 나오고 싶어요

매일 단풍나무에 올라가 단풍잎처럼

낮게 떨어져 땅에 귀 기울이며

작은 숨소리를 쫑긋 들어 주고 싶어요

두근거리는 꼬리를 치켜들어

깊은 곳에서 심장을 꺼내 주고 싶어요

올림포스 궁전을 뛰쳐나와
정처 없이 산과 들과 계곡을 달리다가
아르테미스의 화살을 맞고 피 흘리며
내 안의 고요를 깨뜨리고 싶어요
죽은 날이 길어질수록, 아버지
나보다 더 젊어지기 전에.

도서관에 간다

반딧불이가 꼬마전구처럼 불이 켜지는
숲, 도서관에 간다
숲은 계절에 맞는 책들로 빽빽하다
어제 새로 들여온 개나리꽃은
읽고 또 읽어도 좋다
봄에는 아무래도 목련꽃이 인기다
잎이 뒤에 피고
꽃이 먼저 피어 눈길을 끈다
계산속 빠른 사람이 꽃의 향기만 취하고
잎이야 피든지 지든지, 나무 아래를 지나가면
꽃이 진다. 꽃이…… 진다 도서관에는
오래전 땅속에 묻어 둔 아버지가 있다
목련꽃처럼 져 버린 아버지는 잔디에 관해 썼다
무덤 위에 돋아난 필체를 쓸어내리며 나는
문장 사이사이에 잘못 끼어든 어휘를 바로잡는다
편집을 끝내니 둥근 책이 파릇파릇하다
아버지, 뿌리에 잉크처럼 심장을 묻혀서
민들레, 접시꽃, 봉선화, 맨드라미도 써 주세요

달구비

연못에 달구비 떨어집니다. 귀 기울이고 들어 보면 달구비는 제 속을 다 비워 내고 설거지통으로 퐁퐁 들어가던 그릇 소리 같습니다.

곧 영자 씨가 좋아하던 수련꽃이 피는데, 영자 씨는 한 줌 재가 되어 항아리에 들어갔습니다. 수줍던 낮달이 뜬 하늘 아래, 연못에서 수련꽃이 피어날 텐데, 수련의 동그란 잎이 연못의 땀방울처럼 구석까지 맺힐 텐데. 영자 씨는 막내딸이 다섯 살 되던 해에 남편과 사별하였습니다. 영자 씨 가슴에 뿌리를 내린 자식들처럼 연잎은 물속에 가지런하게 뿌리를 내렸습니다. 영자 씨가 일하던 식당, 양철 지붕을 타고 저녁 12시가 넘을 때까지 달구비는 달그락 퐁! 달그락 퐁! 소리를 냈었습니다.

연못의 정수리에 뾰족한 바늘로 꽂히는, 달구비를 받아 내는 연못의 설거지 솜씨가 여간 아닙니다

그때, 열아홉이었지

인천에 계신 엄마에게 가려고 고흥에서 고속버스를 탔지
폭설이 내린 도로는
식당에서 엎드려 일하는 엄마의 굽은 허리 같았지. 아마
그 도로에서 자동차에 치여,
껌처럼 붙어 있는 쥐를 보았지
밀려오는 바퀴들의 참을 수 없는 권위가
무기질을 연달아 밟고 지나갔지
쥐의 꿈을 가볍게 얇게 납작하게 만드는 걸 보았지
여자상업고등학교 3학년인 나와 어머니
그리고 껌과 자본주의의 나라.
식당에서 돌아오면, 부업으로 밤새워 어머니는
몇 남지 않은 이로 껌을 씹는다고 했지
입 안에 고인 침(唾)을 한 병 가득 모아
제약 회사에 갖다주면 천 원을 벌 수 있다고 했지. 아마
몇 년 뒤 흔들리는 이를 모두 뽑고
어머니는 야매로 틀니를 끼웠지
그때 모은 침(唾)은
내 희망으로 환전되었을까
껌은 부르주아 이빨에 씹히고
죽은 쥐는 바퀴에 눌려 납작해지고

살아 보려고, 앞만 보고 숨 가쁘게 달리던

허리에는…… 폭설이 쌓였었지

조화 꽃이 피었네

유리창에 햇살 들면
뿌리가 막막한 성에꽃 흐려져
제 혈 뚝, 쭈르륵 흐르는 걸 보았네
빛의 횡포에 성에꽃은 시들었네
반지하 셋방에서 나와 동생들의 어린 날이 저물었네
연탄 한 장 채울 수 없는 빈 아궁이는
가난을 주제로 한 보고서 같았네
밤새도록 엄마 손에서
향기 없는 꽃이 20초에 한 송이씩 피었고
꽃잎은 바람 한 점 없이 떨기도 했네
둘둘 말아서 뉘어 놓은 꽃대처럼
나와 동생들은 이불에 둘둘 말려 잘 잤네
엄마는 언제나 머리맡에
한 송이에 5원 하는 조화를 가득 피워 놓고
밤을 새고도 시들지 않은 조화 꽃잎처럼
새벽이면 일을 나갔네, 엄마 덕분에 나와 동생들은
빛에 녹아내리지 않는 조화처럼 살았네
햇살 없이도 초록 초록 징하게 짙은
이파리를 가질 수 있었네

돌아라, 팽이

서녘 하늘로 해 눕고 있다. 어머니 얼굴 같은 어스름은, 폐지 줍는 노인이 끌고 가는 긴 그림자와 노상 아주머니의 떨이요, 외침 소리를 삼키며 지친 가장이 귀가한 집의 지붕에 걸려 넘어지고 있다.

약국 문을 들어서며, 창문의 노란 불빛과 점점 더 어두워지고 깊어져 가늠하기 어려운 거리의 혈색과 팽이채 없이는 돌아 버릴 수 없어서, 끝내 몸져누운 팽이와 어머니에 대해 약사에게 이야기했다. 약사는 심각하지도 슬프지도 않은 표정으로 백색의 약봉지를 계산대 옆에 놓는다.

나는 약값 대신 외상 장부에 팽이채를 놓았다.

시간을 습작하다

틀에 끼워 놓고 나를 거칠게 묘사하는, 연필 한 자루가
있는 저녁

발톱을 세우고 별과 별을 뛰어다니던 시절. 나는 밤을 새
워 셔드랑이와 음부에 난 털 속의 시간을 만지작거렸지. 환
하고 둥근 보름달을 핥아서 수박처럼 조각내는 밤이 반복되
었어. 이제 밤은 내 이마에도 주름을 긋고 있지. 어스름이
내리는 시간. 친구들은 개울이나 산 아래 있는 샘에서 물장
구를 치고, 누드를 그리는 화가의 붓 끝에서 목욕하고 있었
어. 고양이 귀밑털만큼 자란 털을 들키지 않으려 했던, 열
두 살의 내가 엄마의 입에서 흘러나왔지. 몸에 때가 끼고 머
리에는 하얀 서캐가 생겼다는, 화석의 옆구리를 손가락으
로 거슬러 올라가 보는 저녁. 가시내가 더럽다고 했어. 엄
마는 방문을 걸어 잠그고 재깍거리는 시곗바늘처럼 가느다
란 매를 쥐고 피멍이 들도록 때렸어. 구석에 웅크린 시간은
말로 표현되는 것은 아니지. 세상에 엄마가 없어지고, 이제
와 말이지만, 매를 맞더라도 열두 살에 털이 나고 열다섯 살
에 가랑이 사이로 생리혈이 흐르는 시간을 구입하고 싶어.
어느 깊은 저녁, 잠든 엄마의 팬티 속으로 손을 넣어 보는
호기심도 시간의 어딘가에 있을 거야. 때려죽이고 싶은 엄

마의 머리카락 같은 털들의 시간.

잘 세워 놓은 화구가 붙들고 있는 시간

매미

어느 쪽으로 가야 생각의 끝인가
도꼬마리 이파리 뒤를 보면
가 보지 않은 잎맥의 길이 여러 갈래다
당신 두고 지나온 길 끝에서
내가 나에게 가지 말라고 한 다른 길들을
한없이 돌아보고 있다
감추어진 공중의 길이 흔들린다
기억들, 바람에 살짝살짝 뒤집히는
이파리의 뒤편은
오후 햇살에 닿아 그늘을 드리운다
간경화 말기인, 생生의 집착 같은
이파리 뒤편에 허물을 벗어 두고
골수에 울리도록 허무하다고 울고 또 울 것이다
곧 가을이 오고, 이파리가 쪼그라들고
나뭇가지는 바람을 핑계로
이파리의 생生을 툭 끊어 낼지라도
허물을 거뜬히 비워 내고 날아간
당신을 나, 죽어도 그리워하지 않기로 한다

무의미한 경계

어스름이 오는 저녁
날아가는 비둘기 머리 위에서 눈(雪)이 내렸지.
위에서, 너의 가슴 위에서
펑펑, 나는 내렸지.

그것은 지난날이 되어 버렸고
지난날의 우리였고
지난날로 돌아가고 싶은 나는
눈(眼)으로 들어갔지, 그곳에는 눈이 내리지 않았지.

너는 눈(眼)과 눈(雪)을 바꾸어 버렸지.
눈(雪)은 시력 없이도 가고 싶은 곳으로 흩날리고. 올해는
최저임금이 올라갔고 최저 시력은 떨어졌지.
눈(眼)과 눈(雪)의 경계가 사라졌지

둘의 차이가 수술로 좁혀질까. 눈(眼) 안으로
너는 다섯 가지의 연고를 5분마다 밀어 넣었지
눈(雪)이 올 것처럼
먼 데서 비둘기가 차갑게 날아왔지.

강과 길을 위한 주례사

강변을 따라가고 있었어.
풀과 나무 잎새의 계절을 읽으며
그와 나란한 생을 가고 있었어.
예고 없이 내리는 폭우를 잘 견디리라.
수면은 깊게 빠르게 흘렀어 그럴 때마다
흔들 흔들리는 신문, 경제면에 예민한
우리가 타인의 불행을 돌보며 어루만지게 되는
방천防川은 수해의 고비마다 상처를 가질 수 있었어.
긴 둑에 허물어져 있는 뿌루퉁한 은혜들.
그가 내 입술에 걸려 넘어져
제기랄 돌부리, 거친 푸념을 했지만
졸지에 엎어져 나와 달콤한 키스를 맛본다는 것.
인생이 별건가? 나는 강변을 따라가고 있었어.
검은 머리 파뿌리가 될 때까지 백년해로를 언약했어.
백 년의 폭염을 증명하려고 강은 가장 잔인하게 말라 갔어.
가능하다면 밑바닥까지 차지한 사랑을 보여 주리라.
자락자락 갈라져 피 한 방울까지 가물리라.
구덩이에 묻히는 날까지 끝까지 걸어가다가
밤하늘 환한 구덩이에 이르러 소원을 빌리라.
우리 사랑 영원하기를…… 강변을 따라가고 있었어.

저기 봐, 서걱이며 한 계절을 겪어 내고
몸 비벼 대는 억새 그림자
휘어지는 길처럼 강물에 굴절되는 언약.

시력 잃은 돌

그는 길에서 검은색 돌을 주웠다
한주먹 거리여서
번들거리는, 손에 들고 함께 다니기 좋은

누군가 뱉은 가래와
취객의 발끝에 짓밟히지 않아도 되는
그의 손은
돌이 누워 있기 좋은 방

그러나, 손에 돌을 들고 있으면
다른 한 손은 쓸 수가 없어서
날이 갈수록 돌은
죽음의 등에 달라붙은 무거운 짐 같다

돌을 내려놓았을 때
느리게 길을 가는 달팽이처럼
몇 날 며칠을, 돌은
방구석에 엎어져 있다

더듬이의 역사라든가

줄무늬 같은 야망이라든가, 그는
생각할 수 없다. 주름 없는 껍데기 속의
어둠을 짊어진 달팽이라든가

이제 그가 돌 안에 드러눕는다.
몸을 동그랗게 말고
눈의 신경을 단단하게 가두고.

권태 1

어쩌자고, 나는
J의 창가에 놓인 화분 같다.
목이 마르다. J의 창은
반복적으로
점점 어두워지거나 밝아진다.
인간은 자신의 가지를 뻗어
참새보다 이상한 소리로
한 번씩은 화분에 대해 짹짹거린다.
해독할 수 없는 얼굴들
너무 오래, 목이 마르면
이파리가 오므라들고 뻐근하다.
다리에 힘이 풀려 주저앉는다.
내장이 썩는다.
심장이 자라지 않는다.
화분은
목이 마른 이미지의 것이 된다.

먼저 은유가 되어 가는 사람

방승호(문학평론가)

1

"사람의 길이 사라지고/ 나무의 길, 꽃의 길, 벌의 길이 생겼어". 이것은 수피아의 시 「은유의 잠」에서 일어난 하나의 사태다. 이 일이 일어난 곳은 발길이 떨어진 숲. 누구도 오지 못하는 이곳에 기존의 길이 사라지고 대신 새로운 길이 생겨났다. 그런데 그 길은 사람의 감각으로 포착하기는 쉽지 않아 보인다. 나무와 꽃이 소유하고 있는, 혹은 그들만이 알고 있는 길은 우리에게 좀처럼 보이지 않는 까닭이다. 그렇다면 이러한 사태가 일어난 이곳을 우리는 어디라고 말해야 할까. 인식 불가능한 사실을 인지할 수 있는 공간은 어쩌면 제목처럼 '은유'가 잠들고 있는 언어의 세계는 아닐까.

은유의 세계에서 기표는 외연만을 지시하지 않는다. 길이 사라지고 새로운 길이 생겨나듯이, 외연은 물러나고 새로운 의미가 그곳에 자리한다. 사람이 소유하던 길이 지워지고 그곳에 "나무의 길, 꽃의 길, 벌의 길이 생"기는 것처럼 말이다. 이러한 사태는 물론 생소하게 다가온다. 누군가가 상징계의 균열을 목격하는 일은 사변적 세계에서 벗어나 변화를 직면하는 일이기 때문이다. 그러나 어떠한 언어가 사람의 질서에 고정되지 않고 이와 다른 존재의 형식으로 길을 내고자 할 때, 우리는 기존에 보지 못했던 사태들을 바라볼 수 있게 된다. 새로운 언어를 따라 "떠나 버린 당신의 말(語)이/ 노란 나비처럼 날아다니는 것을 보"(「은유의 잠」)는 일이 가능해진다.

라캉은 『욕망 이론』(문예출판사, 1994)에서 유사성에 의존하지 않는 무의식의 연쇄 작용으로 은유를 설명한다. 라캉의 관점에서 은유는 관념을 고정하는 것이 아니라, 기표와 기표의 조합에 의해 의미를 지속적으로 변화시키는 원리에 가깝다. "창조적 섬광이 두 기표 사이에서 번득일 때"* 발생하는 은유의 세계는 무의식적 결과물로서 언어의 새로운 의미를 개방한다. 마치 "구름의 어려운 시절을 따라가 보면/ 어느덧/ 시 한 편이 펼쳐지는 들판에 다다른다"라는 시인의 말처럼, 은유는 "구름"이라는 기표가 내는 길을 따라갈 때 우연히 마주칠 수 있는 "들판"을 사유하는 일과 같다. 이러한

* 자크 라캉, 권택영 엮음, 『욕망 이론』, 문예출판사, 1994, 67쪽.

측면에서 수피아의 은유는 언어를 구속하는 원리가 아닌, 언어에 자유를 주기 위한 방법론이라 할 수 있겠다.

> 큐릿큐리리릿, 찌르레기 소리는
> 우박처럼 양철 지붕을 두드리거든요
> 언제부턴가 자꾸 두드리는 두통으로
> 내 머리는 그리움이 지끈거리거든요
> 두드리는 장구, 두드리는 북, 두드리는 꽹과리,
> 두드리는 소리 늘어지던 테이프에서
> 이별하고 돌아서던
> 그녀의 구둣발 소리를 들어 보세요
> ─「프레스코 사랑법」부분

석고가 마르기 전에 빠르게 그림을 그리는 프레스코 화법처럼, 위 시는 언어의 관념이 굳어지기 전에 빠르게 다른 기표로 시적 공간을 채워 나간다. 굳어 버린 관념은 시간이 지날수록 수정이 어려워지기에, 기표는 무의식의 흐름을 타고 빠르게 연쇄된다. "큐릿큐리리릿, 찌르레기 소리"가 "두드리는 두통"을 이어 "이별하고 돌아서던/ 그녀의 구둣발 소리"로 이어지는 과정을 주목해 보자. '프레스코'식 은유는 언어학적 틀에 제한되지 않고 기표의 연쇄를 통해 중층적인 의미를 유발하는 것에 가깝다. "두드리는" 이미지의 반복으로 매 시구마다 차이를 만들어 내며 이질적인 대상들을 연쇄시키는 것이다. 무의식적으로 나열되는 증상은 이미지의 연쇄 속에 무한히 병치되면서 「프레스코 사랑법」의 의미를 개방시키며 은유에서 환유로 나아간다. 이러한 양상은 이 시의 뒷부분에서 '미끄러짐' '연쇄 추돌' '튕겨 나감' '엎어짐' '흘러나옴'과 같이 또 다른 이미지의 연쇄로 이어지며 하나의 알레고리를 형성하기도 한다.

　앞서 살펴본 「은유의 잠」에서 "나무"에서 "꽃", 그리고 "별"로 이어지는 은유의 원리를 다시 상기해 볼 때, "사람의 길"이 사라진 자리를 대체하는 것은 인간이 아닌 다른 존재, 다시 말해 타자가 만들어 가는 길이나 마찬가지다. 타자가 만드는 언어의 세계는 마치 '프레스코 화법'처럼 언어적 구심점에서 벗어나 기존과는 다른 방향으로 움직여 나간다. 지금부터의 여정은 이 길을 따라 걸어 보는 과정이 될 것이다. 은유로부터 나아가는 말하기, 이 과정이 일상의 질서 속에서 포착할 수 없는 사태들로 우리를 이끌어 주리라. 은유가 잠든 공간으로.

2

　이번 시집 『은유의 잠』에는 화자가 "지금 태어났다고 치자/ …(중략)…/지금 네가 막 잠이 들었다고 치자"(「여우 속눈썹」)라고 말하며, 지금 여기에 일어나지 않은 사태들을 가정한다거나, "내 얼굴은 쪼글쪼글한 아이로 태어나서/ 탱탱하게 부풀다가/ 짜글짜글한 노인으로 기울어진다"(「비밀의 방」)

라는 시구처럼 시간의 질서에서 벗어난 사태들을 마치 일어
난 것과 같이 말하는 일이 빈번하게 일어난다. 이처럼 통상
의 시각에서는 이해할 수 없는, 그렇게 불가능해 보이는 일
들을, 수피아는 인과성이 떨어지는 문장을 통해서라도 언
어화하려 한다. 이러한 양상은「날개가 돋아서」에서 숲속 나
무를 "찢고 나오는, 이파리"의 움직임으로 비유된다.

> 나무 피를 찢고 나오는, 이파리처럼
> 내게 '날개가 돋는 것이다'라고 가정한다.
> 내부가 들여다보이는
> 모퉁이 철대문집 위로 날아간다.
> 연두 불이 켜진 나뭇가지 사이로
> 날개는 푸드덕 소리를 던진다
> 늙은 개, 점순이가 고개를 들어
> 어둠의 페이지에 컹! 컹!이라고
> 음성어를 쓴다. 허공이 점순이의 주둥이를
> 연필처럼 쥐었다가 놓았을 때
> 컹컹 소리가 푸드덕 소리를 앞지른다.
> 무게를 갖지 못한 소리가
> 마당 밖으로 달려간다.
> 내 날개와 철대문집 점순이는
> 컹컹과 푸드득으로 어둠을 뚫는다
>
> ―「날개가 돋아서」 전문

수피아 시에서 언어는 기존의 일관된 움직임에서 벗어나 서로를 앞서가기도 하고 뒤처지기도 하며 조금씩 어긋남을 일으킨다. 가령 위 시에서 "나무 피를 찢고 나오는, 이파리"와 같이 언어학적 질서에 균열을 일으킴으로써 "날개가 돋는 것"의 형태로 움직이게 되는 것처럼 말이다. 이처럼 특정한 세계를 뚫고 나오는 움직임을 통해 기존의 질서와는 어긋나는 일들이 발생하게 된다. 어떠한 존재가 자신에게 "'날개가 돋는 것이다'라고 가정"하는 행위로, 우리가 바라보지 못했던 일들이 일어나곤 한다.

"모퉁이 철대문집 위로 날아"가서 "푸드덕 소리를 던"지기도 하고 또는 발화된 "컹컹 소리가 푸드덕 소리를 앞지"르는 모습은 언어의 움직임의 비유이면서, "무게를 갖지 못한 소리가" 무의미하게 발설되는 현실의 알레고리로 작용한다. 이러한 방식은 시적 언어의 세계를 드러냄과 동시에, 기존의 질서에서 포착하지 못했던 타자의 세계를 드러내는 것이기도 하다. 통상의 언어로는 진술될 수 없었던 일련의 사태들은, 논리적 인과의 짜임에서 벗어나는 언어를 경유할 때야 비로소 그 실체를 드러내는 셈이다. 이렇듯 수피아는 "컹컹"과 "푸드덕"이 만들어 내는 움직임을 통해 세계의 구속에서 벗어나, 질서의 구심점으로부터 존재를 최대한 해방하고자 한다. "어둠을 뚫는다"는 각오로 그렇게 타자의 언어에 이르는 길을 연습해 본다.

타자의 언어에 다가서는 연습은 곧 타자를 이해하려는 노력이다. 그런데 문제는 단지 은유만으로 타자의 생각을 온전히 표현하기가 불가능하다는 데에 있다. 주체에 의해 표출된 발화는 결국 그가 발설한 언어의 기표로 적혀지므로, 상대방의 생각을 대변하는 것에 일정한 한계가 있기 때문이다. 타자를 이해하기 위해 우리는 관찰의 대상을 자기화하여 생각해 보기도 하지만, 이 역시 주체에 의한 '타자의 자기화'이기에 자기중심적인 사고방식에서 온전히 벗어나기는 힘들다. 그렇다면 타자에 대한 이해에 가까워지는 길은 무엇일까? 어떻게 하면 "사람의 길"이 사라진 자리에 생긴 타자들의 세계를 조금 더 이해할 수 있는 것일까? 어쩌면 우리에게 조금 더 담대한 변화가 필요할지도 모른다. 직접 타자가 되어 보는 일이 필요할지도 모르겠다. 잠시 이번 시집의 지도, 「은유의 잠」을 더듬어 보자. 여기서 화자는,

이제 당신과 다른 방식의 언어야, 나는

바람이 몸을 비틀어 깨울 때까지
은유에 누워 썩어 가는 나뭇잎이거든
　　　　　　　　　　　　　　　—「은유의 잠」 부분

이라고 말하며, 자신을 "썩어 가는 나뭇잎"으로 간주한다. 단지 자신을 대상에 빗대어 표현하는 것과는 다르게, 자신의 존재가 "나뭇잎이"라고 선언하고 있는 것이다. 왜 화자는 이러한 태도를 취하고 있는 것일까?

타자의 세계는 그들의 언어를 인식한다고 해서 다 이해

할 수 있는 것은 아니다. 이해는 스스로 다른 존재가 되어 보는 이행으로 나아갈 때 가능해진다. 대상을 바라보는 기존의 응시에서 벗어나 그들의 시각으로 바라보는 일, 이를 위해 수피아 시인은 '나'라는 인간으로부터 비롯되는 시선을 내려놓는다. 자신의 시선으로 바라보는 것이 아니라 "사람 냄새가 싫어 허공을 헤매다 길을 잃"(「그리운 mc」)는 한이 있더라도 자신이 직접 타자의 편에 서 보려 한다. 타자의 언어에 대한 은유만으로 그들의 길을 이해하기는 부족하기에, 수피아 시인은 기꺼이 그들이 되는 길을 선택하는 것이다. "은유에 누워 썩어 가"며 스스로 은유가 되는 일, 그렇게 "나뭇잎"이 되어 말해 보는 일에서 시인의 언어는 "다른 방식의 언어"로 이행해 나아간다. "풀의 각도로 기울어지는"(「졸음의 각도」) 경사를 내며, 주체에서 타자로 언어의 방향이 이동한다.

"나무를 내려와/ 지나가는 바람에나/ 어깨를 들썩이며/ 잠들어 푹, 썩고만 싶다"(「가을에는」). "나뭇잎"이 되어 보는 일, 다시 말해 타자가 되어 말하는 일은 어쩌면 단정할 수 없는 가능성 속으로 몸을 던지는 것과 같다. 이는 높은 곳에 있기보다는 그곳에서 "내려"옴에 익숙해지는 것이며, "바람"에 몸을 맡기고 "푹, 썩"어 가는 존재가 되어 보는 일이다. 기존의 시각에서 미처 바라보지 못한 것들에 주의를 기울이고, 때로는 그것과 함께 "잠들어" 보는 이행이나 마찬가지다. 이번 시집에 수록된 시편들에서 우리는 식물이나 동물과 같은 다양한 대상으로 의인화된 화자('눈' '수련' '이삭 '고양이' '젠투펭귄')를 만나게 되는 이유도, 수피아 시가 사람이 아닌 타자의 시각에서 바라본 일들로 이뤄진 것임을 알게 하는 증상들이다.

> 다시 생각해 보지만
> 내 생각 밖의 공기는 너무 어두웠어
> 이대로 숲으로 흩날리다 사라져 버려도 좋았어
> 여치가 여치에게 보내는 여치 울음이
> 숲으로 배달되었지만, 네 울음은 없었어
> 밤새 울음 편지를 보내고 어디쯤인가
> 꼭, 당도할 것 같은 답장을 기다리다
> 날을 새곤 했어, 가을은
> ─「가난한 눈으로 내린다는 것」 부분

타자가 되어 세상을 바라보는 일은 주체가 자신의 밖에 섬을 감수함으로써, 자신의 생각 안에 머무르지 않고 "내 생각 밖의" 것들을 사유하게 한다. 고정된 생각에 머물러 있지 않고 "다시 생각해 보"는 행위로 우리는 자신이 미처 생각하지 못했던 사태들을 내면으로 받아들일 수 있다. "너무 어두웠어"라는 화자의 말처럼 그동안 몰랐던 사실을 우리가 감각으로 느끼게 되는 것이다. 수피아 시인은 이렇게 "생각"과 "생각 밖"의 차이를 인식하고 이를 언어화하기 위해 더 작은 존재가 되어 세상을 바라본다. "어디쯤인가/ 꼭, 당도할 것 같은 답장을 기다리다/ 날을 새곤" 하는 연습으로, 그렇게 「가난한 눈으로 내린다는 것」의 의미를 깨달아 간다.

타자의 언어란, 우리가 미처 생각하지 못했던 것을 재생시키는 말이다. 알고 있지만 그대로 지나쳐 버려서 언어화되지 않은 사태들, 의도하지 않게 버려진 시간들, 그렇게 무뎌진 감각의 파편들을 다시 기억해 내는 언어이다. 그렇게 타자의 언어는 우리가 조금 곤란하다는 이유로 미뤄진 일들을 한번 시도해 보게 만드는 가능성이 된다. 이러한 가능성과 움직임에 가까워지는 것이 수피아 시가 나아가는 방향이라 말할 수 있겠다. "누구의 탓도 하지 않고 발을 헛디딜래"(「고양이 한 마리가」)라는 말처럼 두려워하지 않고 무엇인가 시도해 보는 움직임, "헛디딜" 것을 알면서도 그렇게 실패해 보려는 움직임이 수피아 시에 일어나고 있다. 아무도 생각해 보지 못한 공간으로, 누구도 알아채지 못했던 방향으로.

<h2 style="text-align:center">3</h2>

제인 베넷은 『생동하는 물질』(현실문화, 2020)에서 비인간 물질에서 비롯되는 능동적인 활력을 하나의 행위소로 인정한다. 인간 중심적인 세계관에서 벗어난 이러한 입장은 생태학적이고 물질적으로 지속 가능한 미래를 우리 앞에 펼쳐 놓는다. 수피아의 시가 나아가려는 방향도 이와 비슷하다. 행위 주체성을 인간의 소관에서 이동시켜 비인간의 시각에

서 세상을 바라보려는 것이다. 이 과정에서 수피아의 화자
는 모든 비인간 물질에 대한 은유적 존재로 대체된다. 이번
시집에서 출몰하는 식물과 동물, 사물을 포함한 비인간의
타자들은 대상을 넘어서 주체의 자리에 섬으로써, 인간과
비인간이라는 대립 항의 경계를 허문다.

> 어느 쪽으로 가야 생각의 끝인가
>
> 도꼬마리 이파리 뒤를 보면
>
> 가 보지 않은 잎맥의 길이 여러 갈래다
>
> 당신 두고 지나온 길 끝에서
>
> 내가 나에게 가지 말라고 한 다른 길들을
>
> 한없이 돌아보고 있다
>
> 감추어진 공중의 길이 흔들린다
>
> 기억들, 바람에 살짝살짝 뒤집히는
>
> 이파리의 뒤편은
>
> 오후 햇살에 닿아 그늘을 드리운다
>
> —「매미」 부분

　위 시에서 '매미'는 화자인 '나'가 되기도 하지만, 때로는
'당신'이 되어 인간에게 '나'의 자리를 되돌려 주기도 한다.
이처럼 「매미」는 언어적 주체를 모호하게 만드는 말하기로
두 존재의 경계를 흐려 놓는다. 그런데 이러한 방식으로 인
해 우리는 일상에서 감각하지 못했던 지점에 당도할 수 있
게 된다. 마치 "도꼬마리 이파리 뒤"에서 "가 보지 않은 잎

맥의 길이 여러 갈래"임을 알게 되는 것처럼 말이다. 이처럼 일상에서 체감할 수 없는 사태를 인지하는 것은 통상의 시각만이 아닌 비인간의 눈으로 바라볼 때 가능해진다. 흥미로운 점은 '매미'가 단순하게 화자의 역할만 하는 것이 아니라는 데에 있다. "내가 나에게 가지 말라고 한 다른 길들을/ 한없이 돌아보고 있다"라는 시구에서 알 수 있듯이, '매미'는 단지 비인간에서 인간으로 은유된 것에 머물지 않고 사유와 성찰의 존재로 형상화되고 있는 것이다. 생각할 수 있는시 여부를 통해 인간과 비인간을 구분하는 종 차별주의 시각에서 보면, 이러한 특징은 분명 인간과 비인간의 경계를 모호하게 하는 부분이라 할 수 있다. 그런데 이것이야말로 상징계의 질서에서 벗어나 감춰진 본질에 닿을 수 있는 하나의 통로가 될 수 있지 않을까? 어쩌면 이로 인해 우리는 "감추어진 공중의 길"을 찾을 수 있을지도 모른다.

"아버지, 뿌리에 잉크처럼 심장을 묻혀서/ 민들레, 접시꽃, 봉선화, 맨드라미도 써 주세요"(「도서관에 간다」)라는 소망처럼, 시인은 비인간 물질에 숨을 불어넣는 일에 부지런하다. 그러나 이는 「매미」에서 느꼈듯이 섣부르게 비인간의 몸을 착취하려는 의도보다는, 그들을 열등한 것이 아닌 동일한 존재로 인식하려는 일원론적 사유에 더 밀접하게 관련되어 있다. 그렇기 때문에 수피아 시인은 비인간 존재에 활력을 불어넣기도 하지만, 때로는 직접 자신이 그들이 되어 살기도 한다. 이처럼 수피아는 인간과 비인간의 경계에 서서, 그 경계를 헝크는 방식으로 말하려는 시인이다. 이는 은유에서 시작되는 일이지만, 스스로가 비인간의 은유가 되는 일이기도 하다. 수피아의 언어는 인간과 비인간의 경계를 헝큶으로써 상징계의 질서를 흔드는 한편, 그동안 미처 바라보지 못했던 미증유의 감각들을 일깨워 나간다. "바람에 살짝살짝 뒤집히는" 순간에만 포착할 수 있는 감각을, 그렇게 지나친 "기억들"처럼.

　　어스름이 오는 저녁
　　날아가는 비둘기 머리 위에서 눈(雪)이 내렸지.
　　위에서, 너의 가슴 위에서
　　펑펑, 나는 내렸지.

　　그것은 지난날이 되어 버렸고
　　지난날의 우리였고
　　지난날로 돌아가고 싶은 나는
　　눈(眼)으로 들어갔지, 그곳에는 눈이 내리지 않았지.

　　너는 눈(眼)과 눈(雪)을 바꾸어 버렸지.
　　눈(雪)은 시력 없이도 가고 싶은 곳으로 흩날리고. 올해는
　　최저임금이 올라갔고 최저 시력은 떨어졌지.
　　눈(眼)과 눈(雪)의 경계가 사라졌지
　　　　　　　　　　　　　　　　　—「무의미한 경계」 부분

　누군가가 다른 존재가 되어 갈 때, "펑펑, 나는 내렸지"

라는 말처럼 누군가가 직접 "눈"이 되어 내릴 때, 그리고 버려진 "지난날로 돌아가고 싶"어 직접 "눈"으로 들어갈 때, 그곳의 경계는 무의미해진다. "눈(眼)과 눈(雪)의 경계가 사라"지게 되는 것이다. 어쩌면 시어의 세계란 이런 곳일지도 모르겠다. 겉으로는 같아 보이지만 속은 다른 의미들이 어울리는 세계. 혹은 서로 다름을 알지만 아무렇지 않게 같아 보일 수 있는 것들과 만나는 장소. 인간과 비인간이 경계를 허물고 서로 목소리를 낼 수 있는 곳. 이렇게 「무의미한 경계」의 세계는 "최저임금이 올라"가는 현실과 "시력 없이도 가고 싶"은 비-현실적 세계가 공존하는 무한한 은유의 공간과도 같다.

이렇게 인간과 비인간, 현실과 비-현실처럼 둘로 나뉘어 있던 것들은 무의미한 경계를 허물고 서로 감응하며 움직인다. 인간의 주요 감각기관인 '눈'과 비인간 물질인 '눈'이 서로의 기표를 타고 기의의 틀을 깨고 넘나들 때, 은유에 의한 언어의 움직임은 더 이상 상식적인 대체의 되풀이에 머무르지 않는다. 은유는 마치 "눈(眼)과 눈(雪)을 바꾸어 버"린 것처럼, 감각의 세계와 무감각의 세계가 동시 맞물리면서 서로 교차하게 만드는 가능성을 획득한다. 이제 경계는 의미가 없다. 단지 '무의미하다'는 의미의 경계만이 그 의미를 가지게 될 뿐이다. 그렇게 지속 가능한 미래가 우리 앞에 펼쳐질 수 있게 된다.

4

 물론 시를 통해 모든 것을 다 말할 수 있는 것은 아니다. 경계를 넘나드는 말하기로 정말 현실의 경계가 무너지는 것 또한 아니다. 안타깝게도 세계는 아직도 고통스럽고 언어는 여전히 질서 안에 존재한다. 은유가 만드는 공간이 가끔씩 그 너머의 것을 바라보게 하지만, 아직도 그 너머를 완전히 사유하는 것은 불가능해 보인다. 은유의 길이 주체와 타자, 인간과 비인간 경계를 넘나들게 할 수 있을지 몰라도, 그 넘나든다는 행위 자체에서 이미 우리는 그 경계를 세우고 있는 것일 수도 있다. 그래도 이러한 일이 의미 있는 이유는, 그 경계를 넘나드는 일이 언젠가는 경계를 허물 수 있을 거라는 믿음이 있기 때문일 것이다. 그렇게 변화를 만들어 가려는 시인이 지금 우리 앞에 있기 때문이다. 그 변화를 감수하려는 사람이 시를 쓰고 있기 때문이다. 시인은 이렇게 우리에게 말하고 있다.

> 썩어 가는 나뭇잎처럼 나른한
> 은유에 누워 잠들었어
>
> —「은유의 잠」 부분

 시인은 "은유에 누워 잠들"어 가는 일을 반복한다. 그것이 자신을 "썩어 가는 나뭇잎처럼" 만드는 한이 있더라도, 그 나뭇잎이 가진 작은 가능성을 깨우기 위해 수피아는 "어둠의 길을 걷는 것 같다"(「탁자에 둘러앉은 빛」). 물론 이러한 과정이 늘 성공하지는 않을 것이지만 "그러나 다행인 것"이 있다면, 이러한 시도가 언젠가는 "어둡던 길이 환해지"는 희망으로 이어질 것이라 믿기 때문이다. 이렇게 은유와 함께 움직이는 말하기로, 은유가 되는 삶으로, 인간이 만들어 낸 경계를 허물 수 있다는 믿음. 이러한 믿음으로, 그리고 이것이 촉발하는 언어의 움직임으로 너와 내가 조금 더 가까워질 수 있다. 그렇게 "들판"에 다가갈 수 있게 된다. 조금씩 새로운 미래가 다가온다.